KB183334

한국 희곡 명작선 164

풍물시장 여간첩

한국 희곡 명작선 164

풍물시장 여간첩

최송림

평민사

죄송림

풍물시장 여간첩

나오는 사람들

여간첩 _풍물시장 국밥집 주막 주인여자
노기자 _퇴역기자, 현 프리랜서 지방신문 기고자
박박사 _일용직 노동자로서 자칭 역사 정치평론가
장화백 _대학로 거리의 뜨내기 초상화가
수집상 _풍물 컬렉션 상인을 가장한 여형사
껌팔짱 _남녀·나이 상관없이 껌팔이 성인이면 되겠다.

때

현대

장소(무대)

풍물시장 먹자거리 국밥 주막집이 주무대이다.

1

막이 오르면. 풍물시장 국밥집 주막이다.

주막인 1004호 〈무지개대박집〉엔 여주인이 처녀시절 찍은 멋들어진 포즈의 '모델사진'이 붙어 있다. 그녀의 돌아가신 아버지 작품이다. 주인 여간첩은 없는데 단골손님인 박박사와 장화백이 서로 멱살을 잡고 드잡이하듯 으르렁거리며 싸운다. 어린애들처럼 싸우는 모습이 코믹하여 차라리 웃음을 자아내게 한다.

노기자는 노상 보는 일상 풍경이라 관심 없다는 듯 쳐다보지도 않고 무슨 생각을 하는지 골똘히 술잔만 기울인다. 이따금 생각이 떠올랐다는 듯 메모지를 꺼내 기록하기도 하며.

박박사 (힘이 부쳐 장화백에게 멱살을 잡힌 채 버둥대듯) 캑캑, 이거 못 놔! 이 환쟁이 새끼, 나이도 어린놈이 어른한테 이게 무슨 개망나니 행패야? 너 죽고 싶어 환장했어?

장화백 환쟁이니까 환장한다. 왜, 이 보수꼴통 박박아!

박박사 그래, 넌 진보꼴통이라서 지금 폭력행사냐? (사정없이 뿌리치며 주먹을 날린다. 장화백은 모자까지 벗겨지며 얼굴을 맞고 보기 좋게 나가떨어진다)

장화백 (맞은 부위를 만지며) 어쭈, 제법인데!

박박사 내 주먹맛을 보고도 계속 덤빌 거야?

장화백 (일어나서 다시 덤비듯) 누가 먼저 시비를 걸었는데? 어째서 주모가 간첩이냐? 모델 출신이 뭐가 아쉬워 간첩질을 해? 처녀시절에 아버지가 찍었다는 저 사진이 보수꼴통 눈엔 안 보여? 영화배우 뺨치겠네! (영화배우처럼 주먹을 날린다)

박박사 (주먹을 피해 숫제 끌어안고 나뒹굴며) 영화배우, 모델 좋아하시네? 그런 여자가 이런 국밥집에서 미쳤다고 싸구려 막걸리나 파냐, 이 진보 꼴통아!

장화백 싸구려 막걸리나 사먹으러 오는 위인이 누군데, 이 보수꼴통아!

노기자 (술을 들이켜고 빈 잔을 탁 놓으며) 꼴통끼리 잘들 논다. (일어서며) 시끄러워서 어디 술을 마실 수 있나! (다시 털썩 주저앉으며 과장스레 절규하듯) 조용히 술 마실 자유를 다오! (핸드폰으로 신고를 한다)

노기자 경찰이죠? 여기 풍물시장 무지개대박집인데, 또 대판 싸움 났어요. 빨리 좀 와서 제발 조용하게 좀 해주세요. 평화를 사랑하는 자유시민의 간곡한 부탁이오!

수집상 (손에 골동품이나 얄궂은 옷 따위 풍물 벼룩시장에서나 어렵사리 살 수 있는 물건을 들고 그림자처럼 나타나) 주인도 없는 집에서 또 쌈박질이야요?

수집상의 목소리에 두 사람은 언제 싸웠느냐는 듯 얼른 시치미를 떼듯 떨어진다. 두 남자가 수집상에게만은 서로 잘 보이고 싶은 모양이다.

박박사 (투덜대듯) 짜식이 맨날 길 가는 사람 붙들고 초상화만 그려대니 팔심 하나는… (수집상의 눈치를 살피듯 한풀 꺾여 제발 말로 하자는 식으로 손사래를 치며 제자리에 앉아) 우리는 손님이야. 손님은 왕이라구. 왕을 알기로 무슨 노숙자 거지 취급… (껌팔짱이 다가와 슬그머니 껌통을 내밀자 못 본 체 말을 돌리듯) 여간첩(女間諜)이 무슨 정신병자야? 맞아, 패션모델까지 했다면서….

수집상 그것 때문에 또 싸운 거예요?

장화백 싸우긴?

박박사 술장사는 막장인생들이 꺼내는 최후카드야. 저 사진은 다 합성, 위장품일 게야. 상술 아니면 간첩위장을 위해 걸어놓은 거라구. 취객들을 현혹하고 속여서 포섭하려고. 알겠어, 이 천하의….

장화백 (말을 막듯) 꼴통! 노기자님이 말씀 좀 해주세요, 내가 틀렸어요?

껌팔짱이 장화백에게 껌을 내민다. 기어이 하나 팔고야 말겠다는 듯 집요하다. 장화백이 외면하자, 보다 못한 수집상이 마지못해 한 통 팔아주니까 그때야 비로소 사라지는 껌팔짱이다.

박박사 (마치 자기 돈을 주고 산 양 얼른 유리잔을 거꾸로 엎어 그 위에

보란 듯이 껌통을 올려두며 행동과 상관없이 장화백과 대화를)
그럼 내가 틀렸단 말이야?

노기자　예끼, 이 양반들아! 그렇게 할 일이 없어? 술집에 왔
으면 술이나 열심히 마셔요. 그냥 순수한 술꾼 노릇
이나 정직하게 잘하면 누가 잡아가? 대한민국 기둥
이 와르르르~ 무너지느냐구요?

장화백　(느닷없이) ♬'대한민국~' (짜작작 짝짝! 손뼉까지 치고) 대
한민국에 요즘 간첩이 어딨어?

박박사　♬'대한민고(꿈)~' 전직 대통령도 자살하는 세상인
데, 간첩이 어딨냐니? 허허, 이거 큰일 났구먼! (노기
자에게) 자네는 이 시추에이션에서 술이 넘어가? 계속
침묵만 지킬 거냐구? 그것도 범죄행위야. 진실을 말
해 줘야지. 제3자 입장에서, 객관적으로!

노기자　꼴통들 진흙탕 싸움에 선량한 시민을 왜 끌어들여?

수집상　나까지 끌어들이면 곤란하니까, 이만… 주인 언니
어디 갔어요?

박박사　보나마나 화장실이겠지, 뭐.

수집상　화장실요? 싸우지들 말고 사이좋게 마셔요.

수집상은 남자들을 한번 둘러보고 여간첩에게 마치 무슨 용무
라도 있다는 듯 휙 가버린다.

박박사　자네, 중앙 일간지 기자 출신이 맞아?

장화백 지금도 대기자잖아요. 비록 중앙 일간지에선 퇴직했지만, 지방신문 프리랜서로 뛰는… 지난주 북경기신문에 실린 칼럼 못 봤어요? 의정부와 양주 통합 시 추진에 관한 비판기사!

박박사 그야 봤지. 신랄하게 잘 깠더군. 헌데 지식인으로서 요즘 간첩이 없다는 시각은 아주 위험해요. 북핵 문제도 심각한데, 국민들의 해이된 안보의식이 돌이킬 수 없는 큰 화를 부를지 몰라. 지면을 통해서라도 경고를 해야 한다구. 비록 외로운 목소리일지라도… 전쟁이 나면 어쩔 건데?

장화백 어디서 많이 듣던 소리, 대통령이 평양에 갔다왔다 한 지가 언젠데 아직도 케케묵은… 지금이 무슨 그 캄캄하던 군사정부 시절인 줄 아나보셔. 시곗바늘이 거꾸로 돌아가요?

박박사 그땐 좌파정권 때지.

장화백 그렇게 의심나면 우파정권에 신고해서 포상금 타시지 그래요, 요즘 주머니도 썰렁할 텐데!

박박사 (짐짓) 신고야 물론 진작 했지, 자유 민주시민으로서. 문제는 신고를 했는데도 안 믿고 허위신고 취급하는 세상이라니까. 요즘 사회풍조가 그래요. 아주 고약해. 엉망이야. 바야흐로 급변하는 세계정세와 추락하는 국제 금융시장은 지구촌 경제를….

장화백 (귀 아프게 들어왔다고 자르듯) 또 시작이다. 박박은 헛똑

똑이요. 자칭 정치 경제 역사 평론가! 정작 알아야 할 것은 하나도 모르고, 몰라도 될 것은 너무 많이 알아 흘러넘치는… 아침신문만 한번 훑어봐도 다 아는 걸 자기 혼자만 아는 체 떠벌리지를 않나… 이 풍물시장 사람들이 재미 삼아 박사님 박사님 불러주니까 진짜 박산 줄 착각하는 거 아냐? 박박사님 깨몽, 꿈 깨요! 현실을 직시하라구요. 지금 누구 때문에 배불리 먹고 마시고 호강하는데.

박박사　여간첩 때문이야?

장화백　그럼 아니요? 배은망덕도 유분수지, 이 은혜도 모르는 개망나니 같으니라구.

박박사　(버럭) 이놈이, 또 버릇없이 함부로 주둥아릴 놀려! 듣자듣자 하니까, 이 시러베자식이…. (사정없이 멱살을 잡는, 선제공격이다)

장화백　(상대방이 진짜로 세게 나오자 스스로 너무 했다 싶은지 의외로 달래듯) 양심이 있으면, 생각해 보쇼. 막걸리 값 싸지, 안주 안 시켜도 눈치 안 주지, 찌개국물에 공깃밥 공짜로 주지, 집에 갈 땐 양말까지 덤으로 얹어주는데 무슨 억하심정으로 간첩 운운하는 거요?

박박사　(팽개치듯 뿌리치며) 그러니까 간첩이지. 땅 팔아서 장사하는 것도 아닐진대, 돈이 어디서 나와 밑지는 장사를 하겠냐구. 주인이 무슨 자선사업가도 아니고… 남자고 하는 장사 아냐?

장화백　(그건 자기도 수상하다고) 그런 뜻이라면 간첩이 맞는 것도 같고…. (헷갈린다는 듯 고개를 가우뚱거린다)

박박사　이 친구가 이제야 제정신이 돌아온 것 같군. (그 틈을 집요하게 파고들 듯) 여간은 고첩, 고정간첩(固定間諜)이 분명해. 지금도 봐. 우리한테 가게를 맡겨놓고… 화장실 간 지가 언제야? 이게 대폿집 주인으로서 할 짓이야? 정당한 태도냐구? (비밀이랍시고 장화백의 귀에 빠짝) 누가 화장실 옆 칸에서 볼일보다 들었다는데, 여간이 숨어서 무전을 치더래요. 핸드폰으로 보고도 하고. 아바이 뜻대로 임무수행에 차질이 없다느니, 이 한 목숨 다하는 날까지 충성을 다 바칠 것을 맹세한다느니… 아바이가 누구겠어?

장화백　(솔깃하여 넘어가주듯) 아바이 수령?

박박사　(제대로 알아듣는다고 고개를 끄덕이며) 여간이 괜히 화장실에 자주 들락거리는 것이 아니라니까. 다 이유가….

장화백　(한순간에 뒤집듯) 에이, 아무리 그래도 천사 같은 우리 주모를 해코지하면 박박은 천벌 받아요, 천벌을!

박박사　천벌을 받다니, 이놈이 또! 악담을 해도 유분수지… (장화백의 가슴을 치며) 내가 네 친구야?

장화백　(쓰러져 노려보며) 이 집에선 나이와 상관없이 다 친구라며, 술친구?

노기자　저러다 진짜로 크게 싸우지. 그만들 못해?

장화백   노기자님, 우리 세 사람은 풍물시장 술친구 삼총사 아닙니까?

박박사   네놈이 영혼의 해방구 운운하면서 정한 악법이잖아. 뭐, 로마에 가면 로마법을 따라야 한다고? 여기가 로마야? 내 더러워서, 이 집에 다시는 안 오든지 해야지, 원!

장화백   걸핏하면 내뱉는 저 소리… 그래, 잘도 안 오시겠다.

박박사   그래, 안 온다, 안 와. 절대로! 이제 됐어? (바닥에 침을 퉤퉤 뱉는다)

장화백   여기 아니면 어디 가서 술 마실 건데? 서울바닥, 세상천지에 이 집만큼 싼 집 있어요?

박박사   내가 너처럼 싸구려야, 싼 집만 찾게?

장화백   지금까진 왜 왔는데?

박박사   (시를 읊조리듯) 낭~만이지, 멋! 배고프던 젊은 날, 그 대학시절의 꿈과 추억이 살아 숨 쉬는 서울의 마지막 국밥집, 주막! 그 원형을 찾아서 자주 온다, 왜? 어린놈이 멋과 낭만을 알겠어?

장화백   나도 사십이 넘었거든요. 멋과 낭만을 아는 사람이 이 시대의 마지막 대폿집 여주인을 간첩으로 몰아? 이 가짜 보수, 수구꼴통아!

박박사   (스스로 한심하다고) 가짜 진보, 진보꼴통하고는 말을 아예 섞지 말아야 하는 건데. 애시당초 노는 물부터 틀려요.

장화백 그럼 노는 물에 가서 놀아, 이 구제불능 박박아! 박박이는 벼룩 풍물시장 재생 구제품도 못 되는 용도폐기, 완전 인생불량품이야!

박박사 이 새끼가 끝까지 막말을! (사정없이 주먹을 날리며) 어디 불량인생 손맛 좀 봐라. (기습공격에 벌렁 나가떨어진 장화백을 보고) 내가 이 집에 다시 오면 성을 간다. 잘들 처마셔, 이 싸구려 풍물시장 구제품들아! (휭 나가다가 ♬'금강산 찾아가자 일만이천 봉/ 볼수록 아름답고 신기하구나/ 철따라 고운 옷~' 소녀처럼 뭔 좋은 일이라도 생겼답시고 혼자 흥얼대듯 노래하며 등장하는 여간첩과 부딪칠 뻔한다)

장화백 (입안이 터져 피라도 나는지 손으로 문지르며) 너 이 박박이 새끼, 게 서지 못해? 어디 도망가! (붙잡으러 뛰어가다가 여간첩을 보자 아차 싶은지 돌변하여 어울리지 않는 아부투로) 박박사님, 술값은 내시고 가셔야지. 박사님이 내신다고 해서 맘 놓고 마셨는데 그냥 가면 어떡하남요? (박박사가 모습을 완전히 감추자 스스로 화를 내듯) 젠장, 천하에 못 믿을 사람일세. 내가 다시는 같이 술을 마시나 봐라. 에이, 짜증나! 기다려요. (다시 돌변하여) 네가 깡패 새끼냐, 사람 패놓고 어디 도망가! (박박사를 놓칠세라 빨리 뛰어가서 잡겠다는 제스처지만, 어쩐지 걸음아 나 살려라 도망치듯 퇴장하면—)

여간첩 (한두 번 당하는 게 아니라고 여유롭게 웃으며) 저 웬수 같은 인간들! 외상이면 외상이라고 말을 할 것이지. 오늘은 왜 또 싸웠어요? 술값이 없으니까 싸움질 합작으로 위기 모면하는 거 아냐? 나를 보자마자 양말도 안 갖고 줄행랑이네. 그럼 나 없을 때 도망칠 일이지, 못 살아요.

노기자　(덩달아 웃음을 머금고) 그럴만한 주변머리나 됩니까? 계산은 내가 할 겁니다.

여간첩　노기자가 자꾸 이러면 버릇돼요.

노기자　술값이 얼마나 된다고… 그러기에 화장실에 갔음 빨리 오셔야지. 고양이한테 생선가게 맡겨놨으면요.

여간첩　'믿어주세요~', 단골 고양이들이잖아. 화장실 앞에서 '보물찾기' 수집상 아줌마를 만났어요.

노기자　좀 전에 여길 다녀갔어요.

여간첩　(안다고 고개를 끄덕이며) 만난 김에 아는 집 소개 좀 시켜주느라고… 콜렉터 곧장 다시 이리로 온댔어요.

노기자는 스스로 외상장부를 찾아 외상값을 적는다. 그것을 확인하듯 지켜보던 여간첩이 빈 막걸리 병을 세어보고 불같이 화를 낸다.

여간첩　지금 뭐하는 짓이야?

노기자　왜요? 뭐가 잘못됐남? 내가 술값 책임 안 지면 어쩔 건데요?

여간첩　그놈의 실속도 없이 잘난 생색하고는… 그래, 친구들한테 인심 팍팍 쓰면서 외상 달아놓는 주제에 계산까지 틀리면 어떡해? 그것도 2천 원씩이나!

노기자 … 맞는데, 틀림없어요.

여간첩 허참, 누가 노망든 줄 아시나? 이까짓 막걸리 몇 병 판 것도 계산 못할까 봐? 그 정도면 벌써 이 장사 집 어치웠지.

노기자 (시치미 딱 떼고 끝까지) 글쎄, 맞다니까요. 계산은 내가 잘해요.

여간첩 장사꾼인 내가 더 정확하지. 좋은 말 할 때 바로 해요. 시건방 떨면 맞는다?

수집상 (시장 본 물건보따리를 들고 오며) 맞다니, 뭘 또 잘못했는데요? 노기자님은 아직도 맞고 살아요?

여간첩 어서 와, 그 집 물건들 괜찮지? 무엇보다 주인이 정직해. (짐짓 노기자를 힐끔 보고) 안 속인다니까. 요즘 부쩍 가짜 외제, 명품 짝퉁도 많이 나돈대요.

수집상 (무심코) 짝퉁 찾는 것도 쉽지 않던데요?

여간첩 짝퉁을 찾다니? 왜, 짝퉁 장사하려고?

수집상 아, 아니, 그런 건 아니고….

여간첩 그래도 마음에 드는 구제품이 용케 있었나 봐? '보물찾기' 보따리가 꽤 뚱뚱하네?

수집상 그나저나 나도 이 장사 구질구질해서 못해먹겠어. 무조건 골라잡아 5천 원 땡인 변두리 구제품 땡장사도 한물갔어요. '보물찾기'가 발품도 안 나와. 근데,

노기자님은 또 무슨 실수를 해서 아이들처럼 야단맞는대요?

노기자 (글쎄, 나는 모르겠다고 팔을 벌리며 과장된 제스처만)?!

여간첩 주제파악도 못하고 시건방을 떨잖아. 박박사와 장화백이 먹고 줄행랑 놓은 술값을 대신 계산하지 않나, 그러면 계산이라도 정확해야지. 외상하는 주제에 부끄러운 줄 모르고 시건방을 떨어요, 시건방을!

노기자 시건방, 시건방… 자꾸 시건방을 노래하며 막무가내로 이러시네? 난 어떡하면 좋아요, 예쁜 누이?

여간첩 (짐짓 눈꼴사납다고) 하이고, 안 어울려.

수집상 예쁘다는데, 언니는 질투하셔? 요컨대 시건방의 정체가 뭡니까? 내가 누굽니까요? 솔로몬의 판결을 내려드릴게요. 어디 사실만을 진술해 봐요.

여간첩 글쎄, 이 양반이 외상장부에 2천 원을 스리슬쩍 더 올려 달았잖아?

수집상 2천 원을 덜 단 게 아니라 더….

여간첩 아무리 내가 이런 장사를 할망정 아직은 남한테 동정 받을 정도는 아니거든요.

노기자 (쑥스러워 더듬거리듯) 그게 아니라, 너무 싸게 먹어서… 돈 일이천이 문제가 아니고 마음적으로다….

수집상 (싱겁다고 웃으며) 허허, 난 또… 그러니까 손님은 공짜 안주에 공짜 밥까지 얻어먹었으니 다만 몇천 원이라도 더 주고 싶다, 주인은 더도 덜도 말고 마신 막걸리 값만 정확하게 내라! 분쟁의 씨앗이라는 게 고작… (유쾌하게) 예끼, 여보시오들! 천하에 이런 상고 시대 원시인들이 아직도 서울 한복판에서, 품절 멸종된 줄 알았더니… 솔로몬은 판결합니다. (탁자를 손바닥으로, 딱딱딱!) 그 차액은… (잠시 뜸을 들이고) 이 '보물찾기' 수집상이 막걸리 한 통을 마시는 걸로 해결하렸다! 이상 솔로몬 재판 끝!

노기자 뭐야? 판결이 뭐 그래? 사기다!

수집상 (마치 남의 일처럼) 아니, 훌륭한 재판이렷다, 과연 솔로몬다운 명판결!

여간첩은 떨떠름하면서도 수집상에게 얼른 혹을 떼어버리듯 막걸리를 갖다 준다.

노기자 (재판에 진 게 억울하여 짐짓 실망한 듯 불쌍한 얼굴로 여간첩에게) 재판에 이긴 걸 축하드립니다. 패소자에게 위로금조로 차비 좀 꿔주면 안 될까요?

여간첩 뭐야? 갈수록 태산이라더니… 내참! 언제 갚을 건데?

노기자 외상값 갚을 때 한꺼번에 몽땅 갚아야지요. 특집기사 원고료 나오면….

여간첩 가뭄에 콩 나듯 나오는 그놈의 쥐꼬리만 한 원고료가 무슨 도깨비 방망이라도 되남? 조자룡 헌 칼 쓰듯 궁하면… 밀린 외상값도 많은데, 무슨 염치로 아직까지 일편단심 원고료 타령이람? 오늘은 이쯤해서 넘어가나 했더니… (천 원짜리 두 장을 주며) 빨리 갚아요. 아니, 가만… 2천 원을 더 적은 게 그럼…?

차비를 받자마자 쪽 팔린다고 노기자는 얼른 퇴장한다. 수집상도 잔에 따랐던 막걸리를 도로 물리기라도 할까 봐 서두르듯 우정 얼른 마셔버린다. 그런 모습들이 아주 코믹하고 정겹다.

여간첩   (상관없이 새 양말을 꺼내들며 외치듯) 양말은 가져가야지!

그러자 거의 다 퇴장했던 노기자가 멋쩍은 듯 엉거주춤 뒷걸음질로 다시 돌아와 양말을 받으며ㅡ

노기자   죄송합니다, 인사는 제대로 하고 가야죠? (정중히) 안녕히 계세요. (양말을 받고는 끝까지 변명하듯) 이건 절대 내가 신으려고 받아가는 게 아니고요… 우리 동네 입구 삼거리에 외눈박이 호떡장수가 있거든요. 그 아저씨 주려고….

수집상   어쭈구리, 남한테 얻은 것 갖고 인심 쓰신다? (얼른 다가가 노기자의 바짓가랑이를 걷어 올리며) 말은 그러면서 신고 다니는 건 만날 이 집에서 공짜로 얻은 양말뿐 이시죠?

노기자   (창피하다고) 이 아줌마가 지금 뭐하는 짓이야? 외간남
자한테 신체접촉까지….

양말을 호주머니에 허둥지둥 쑤셔 박는 둥 마는 둥 하고 뛰어
서 퇴장한다. 그 뒷모습을 보고 수집상은 웃는데, 여간첩은 문
득 무슨 생각을 떠올렸는지 한동안 처연할 정도로 물끄러미
바라볼 뿐이다.
그녀의 아버지를 그려보는 것이다.

여간첩   (혼잣말로) 막걸리 석 잔 마시고 오만 원짜리를 놓고
간 손님이 있어서, 어차피 오늘 막걸리는 다 공술인
데….

수집상   (자리에 앉아서 술잔을 들다 말고 혀를 찬다) 쯧쯧, 저러니까
간첩 소리를 듣지, 풍물시장 여간첩!

암전.

2

무대 다시 밝아지면, 역시 국밥집 주막 〈무지개대박집〉이다.
여간첩이 껌팔짱에게 밥을 주고 있다. 수집상과 노기자, 장화
백이 언제나 마찬가지로 막걸리 잔을 기울인다. 그들은 저마다

껌팔짱의 동태를 살피듯 힐끔거리며 저러다가 또 갑자기 껌 사랄까 봐, 아무리 감추려 해도 드러나는 그 미묘한 심리갈등의 표출이 꽤나 재미있다.

여간첩   많이 먹어.

껌팔짱은 마지막 숟갈을 놓으며 포만감을 느끼듯 트림을 하고 천하태평, 이쑤시개로 이빨을 쑤시며 단골들을 조금은 부끄러운 듯 한번 쭉 훑어본다. 순간 단골들은 거의 경기를 일으키듯 서로 다른 사람을 가리키느라 손가락질하며 고개를 일제히 돌린다. 껌팔짱은 오늘은 밥을 잘 얻어먹어 봐준다는 식인지 그냥 나간다. 표정은 노상 남에게 동정을 살 만한 불쌍한 그 버전이다. 그때 여간첩이 쥐어주는 양말은 노기자가 신고 있던 것과 똑같은 것이다.
그야 어쨌든 단골들은 살았답시고 안도의 긴 한숨을 몰아쉰다. 그리고 일상적인 술꾼들로 돌아가는 것이다.
여간첩만 껌팔짱이 나간 출구 쪽으로 향한 시선이 좀처럼 돌려지지 않는다. 껌팔짱이 안쓰러워서라기보다 누군가를 기다리는 표정이 역력하다. 그날 이후 며칠째 박박사가 나타나지 않는 탓이다.

노기자   장화백이 너무 심했던 거 아냐? 벌써 며칠째야?
여간첩   그때 싸워서 가고 얼굴을 안 보이니까, 좀 된 셈이죠?

수집상   진짜 발을 끊은 거 아냐?

장화백   (수집상에게 은근히 관심을 보이듯 술잔을 부딪치며) 걱정 마셔, 콜렉터! 술을 끊었으면 모를까, 곧 나타날 거예요. 텅 빈 지갑으로 여기 아니면 갈 데가 서울 하늘 아래 어딨겠어? (혼잣말로 박박사를 조롱하듯) 뭐, 낭만과 멋? 낭만과 멋이 물구나무서서 서로 배꼽잡고 촛불 데모를 다 하겠다.

노기자   (웃으며) 허긴… 근데, 핸드폰조차 끊고 이렇게 오랫동안 안 나타난 적은 없었던 것 같은데?

수집상   두 분 중에 집을 알면 한 번 찾아가보시지.

여간첩   그래요, 한 번 찾아가보세요. 궁금해하지만 말고… 설마 험한 일이야…없겠지요?

노기자   무소식이 희소식이라는데, 집을 아는 사람이 없어요. 강남 신사동 어디쯤이라는 말만 흘렸지….

수집상   수유리쪽 아닌가요? 상계동 우리 보물찾기 가게 가는 전철 속에서 몇 번 만났거든. 그때마다 수유역에서 내리던데요?

장화백   대학로 찜질방에서 자고 나오는 것도 몇 번 봤어요. 그나저나 욱하는 그 성질머리로 사고 친 건 아닐까요? 술김에 시비 붙어 감방에라도… 여기서 아무리 곤드레만드레 떡이 돼가도 집 앞 골목 포장마차엔 꼭 들러 피날레 입가심을 한대잖아요. 그것도 멋과 낭만이라나, 원. 폼생폼사!

수집상　차라리 그랬으면 낫지요. 거기 국립호텔엔 최소한 재워주고 밥은 먹여주니까. 노숙자 중엔 겨울 한철 일부러 적당한 죄를 짓고 겨울나기 하러 들어가는 생계형 범죄자도 있다면서요?

여간첩　그건 영화에서나….

박박사　(뜻밖에 배낭을 메고 나타나 손을 번쩍 들며) 안녕들 하시오! 지금 모두 날 기다리고 있었어요?

모두들　(반가워 함께) 박박사!

여간첩　다들 기다리다마다요, 어서 오세요.

박박사　그렇게들 내가 보고 싶었어? 그러니까 있을 때 잘해주라는 노래가 나왔지.♬ '있을 때 잘해 후회하지 말고 (두 여자가 장단을 맞추고 복창하듯 따라 불러준다)/ 있을 때 잘해 흔들리지 말고 (있을 때 잘해 흔들리지 말고)/ 가까이 있을 때 붙잡지 그랬어/ 있을 때 잘해 그러니까 잘해 (있을 때 잘할게 그러니까 잘할게)/ 이번이 마지막 마지막 기회야~' 인간이란 족속은 산속에 있으면 산이 큰 줄 몰라요. 멀리 떨어져서 바라보아야, 비로소 이렇게 여성동지들까지…. (호주머니에서 예의 그 껌부터 꺼내 떠억하니 유리컵 위에 놓는다)

장화백　여태 안 씹고 가져 다녔어요?

여간첩　에이, 새로 산 거겠지.

장화백　기왕 나타나려면 좀 더 일찍 오시잖고!

박박사　껌팔이가 왔다갔구나? 나처럼 잡상인 퇴치용 껌을

항상 갖고 다녀야지. 금방 샀다는데, 어쩔 거야. (짐짓 으스대듯) 어때, 나의 존재감?

수집상   무슨 개선장군 같네요.

노기자   그러게요, 저 넉살하고는! 통신두절하고 잠수나 타는 무심한 친구를 누가 좋아한다고 유세야? 박박이가 며칠간 안 보이니까 풍물시장이 다 조용하더라.

장화백   노기자님도 참… (진심으로 사과하듯) 그땐 미안했어요, 박박사님.

노기자   그래, 장화백이 좀 심했어. 괜찮지, 박박사?

박박사   괜찮긴? 환쟁이 너, 충분히 반성할 기회를 줬으니까 알아서 해. 개과천선했다면, 앞으로 조심하라구.

장화백   (어이없다고 웃으며) 개과천선이라뇨?

박박사   또 까불면 뼈다귀도 못 추릴 줄 알아. 명심해?

장화백   (버럭) 아니, 내가 무슨 큰 죄를 지었다고 개과천선 운운해요? 누가 더 얻어 터졌는데?

여간첩   또! 만났다 하면 왜 서로 못 잡아먹어서 으르렁거려요?

수집상   그래도 박박사님 안 보이니까 장화백이 제일 기다리는 눈치던데요, 뭘. (박박사에게 심문이라도 하듯 조금은 날카롭게) 그동안 아무 일 없었지요?

박박사   다들 왜 이러시는데?

여간첩   얼굴은 더 좋아 보이네? 선팅, 그래요. 햇볕에 적당히 그을은 것 같은 게… 어디 먼 데 등산이라도 갔다

오는 거유?

박박사   등산은 아니지만, 먼 데 여행 정도는 갔다 왔지요.

여간첩   배낭은 그럼 뭐유?

박박사   (예의 그 허풍기로) 기분전환도 할 겸 조국을 혼자 훌쩍 떠나 구라파 배낭여행을 좀 다녀왔지요, 그냥. 그냥 런던, 파리, 로마….

수집상   어머나, 멋져부려!

여간첩   (짐짓 기특하다고 아이한테처럼) 그래쪘어요?

장화백   (아무래도 믿기지 않는다고) 어느새, 그 옷차림으로?

박박사   왜, 간편하고 좋잖아? (패션쇼 하듯 빙그레 한 바퀴 돌아 보여주고) 난 자주 그래. 박사 노릇하려면 견문을 넓히고, 부단한 재충전이 필요하지 않겠어요? 대학교수들 안식년처럼!

수집상   다 좋은데, 좀 섭섭하네요. 빈손이에요?

박박사   그럴 리 있겠습니까? 선물도 사왔지요. (배낭에서 여자 머플러를 꺼내) 사장님, 받아요. 아니 내가 직접… (머리에 씌워주며) 머플러를 머리에 두르면 아버지께서 찍어주셨다는 저 사진처럼 모델로 다시 태어날 테니까! (찬찬히 바라보며 짐짓 눈이라도 부시다는 듯) 정말 멋지네요. 로마에서 공수한 부활의 머플러라고나 할까요?

여간첩   (손거울을 비춰보고) 어머나, 고마워요. (머플러를 두른 모습으로 모델 포즈를 잡아본다. 모두들 멋지다고 환호하며 손뼉 친다)

수집상   (삐지듯) 우리는 없어요?

박박사   왜 없겠어요. 우리가 어떤 관곕니까?

장화백   두 분 무슨 관계했어요?

노기자   장화백, 또 무슨 썰렁한 농담하려고?

박박사   지방방송은 자제하시고, 우리 관계에서 인정과 의리를 빼면… 선물 다 있죠, 사왔어요. 자, 받으시죠. (포장한 작은 물건을 건넨다)

수집상   (얼른 받아) 진짜네. 나는 꽝인 줄 알고 섭섭했잖아요? 진작 주실 일이지, 이게 뭐죠?

박박사   쉿, 비밀… 런던에서 샀는데, 집에 가서 혼자 풀어보셔. 아주 귀한 거니까, 그대 이름은 콜렉터 아닙니까?

장화백   보나마나 여자 팬티네, 뭐. 저 엉큼한 박박이 낭만파하고는!

수집상   아무려면 어때요, 물 건너온 제(製)인데… 영국제, 감사해요. 마음에 안 들면 우리 보물찾기 가게에 내다 팔 거예요.

박박사   그것까지 다 감안해서 골랐지요.

장화백   여자들은 다 주고 남자들은 왜 푸대접하는 거요? 꼴랑 둘 남았는데!

박박사   나는 고질적인 여존남비주의자거든. 억울하면 여자로 태어나지 왜 남자로 태어났어? 수컷이 암컷을 좋아하는 건 당연지사고, 우리끼린 막걸리나 한 사발씩… 외국 나가니까 그리운 게 여기 풍류시장 1004호 무지개대박집 막걸리뿐이더라구. 막걸리도 한류

바람을 타서 인기주라, 값이 얼마나 비싼지….

장화백 오죽하셨겠습니까. 그렇다고 진짜 막걸리 한잔으로 때워?

박박사 한국말은 끝까지 들어봐야지. 내가 그리 의리 없는 돌쇠냐? 이 몸이 틈나는 대로 의리와 인정을 그렇게도 강조했거늘… 여기 프랑스산 포도주다! 파리에서 샀지롱.

여간첩 (포도주병을 살펴보며 따려는 듯) 유럽 여러 곳에서 가지가지, 여자들처럼 참 자상하게도 골고루 사왔네. 그럼 우리 다 같이 박박사님의 무사귀환을 축하하는 의미로 축배를 들어야 할 차례 아닌가?

박박사 포도주는 나중에 입가심으로 하고… 그리운 막걸리부터! 어때요?

노기자 오늘의 주인공인 박박사의 뜻이라면 따라야죠. (잔을 들고) 자, 풍물시장!

모두들 무지개 대박!

박박사 (막걸리를 단숨에 한잔 쭉 마시고) 추석만 아니면 좀 더 있으려고 했는데… 우리 고유의 명절인데, 추석엔 고향을 찾아야지. 노기자와 환쟁이도 마찬가지지?

노기자 말해 무삼하리요. 몇 달 전에 기차표 예약해놨어.

박박사 왜, 자가용 안 끌고 가? 차가 밀릴까 봐서? 아예 없는 거 아냐?

노기자 꼭 없다기보다… 응, 그러니까… 현장답사, 현장취

재… 뭐, 그런 말 못 들어봤어? 언제 어디서나 서민들과 함께해야 현장감 넘치는 싱싱한 글이 나오지. 내가 예서 여러분들과 어울리듯이 말씀이야. 기자정신이 뭔지 잘 알지요?

박박사 내가 멋과 낭만을 아는데, 그깟 기자정신쯤이야! 젠장, 안 하던 먹물티 내긴. 말이 뭐가 그리 어렵고 기냐고요? 구차하게… 장화백은 고향이 어디랬지?

장화백 남쪽 바닷가죠. 나도 고향 갈 선물꾸러미까지 벌써 다… 당일 아침 일찍 떠나기만 하면 돼요. 하지만 올해는 서울에서 혼자 집을 지켜야 할지도 모르겠네요.

박박사 무슨 말이 그래? 식구들만 내려보내고 혼자 할 일이 있나 보지? '보물찾기' 콜렉터 아줌마는 어때요? 고향에 내려갑니까?

수집상 우린 시부모님들이 서울로 올라오세요.

장화백 (왠지 은연중 염려가 배어나게) 추석엔 이 집도 문 닫겠죠?

여간첩 닫긴요. 오전에 차례 지내고, 오후부턴 문 열어. 상인들 중에는 고향에 못 내려가는 사람도 많거든. 그들도 갈 곳이 있어야지요. 명절 때가 외려 장사는 잘된다니까.

박박사 (내심 뭐가 찔리는 게 있는지 갑자기 의기양양하여 외치듯) 자자, 오늘은 내가 쏜다! 이 집에서 제일 비싼 안주가 뭡니까? 유럽에서 쓰고 남은 유로화가 좀 남아서 환전했더니… 오늘 보면 추석 지나고나 만날 거잖아요?

수집상　아마도 그럴 테죠?

장화백　와아, 이럴 땐 박박이도 멋져 보이는데요? 진짜 멋과 낭만의 사나이, 오늘따라 인물이 다시 보인다니까. 얼굴부터 한가위 보름달처럼 훤하잖아요? 내가 이렇게 말하면 안 되는데…

노기자　그래, 박박이가 안주에 술을 다 사겠다니? 장화백, 내일 아침 해가 어느 쪽에서 뜨는지 잘 보고 스케치 해두시오. 불후의 명작이 될 테니까.

장화백　그러면 제목을 '천지개벽'이라 붙여야겠죠?

박박사　왜들 이러실까, 촌스럽게. 비행기 실컷 타고 왔는데 너무 또 태우지 마, 떨어지면… 상해보험도 안 들었어. 이 몸께서 여러분들이 못 가는 유럽여행을 혼자 다녀왔잖아요? 미안한데다 추석도 되고 해서….

수집상　(새삼 포장된 선물을 만지며) 사람은 역시 외국물을 먹어야!

여간첩　그냥 평소 하던 대로 하시죠, 박박사님? (핸드폰, 요상한 벨소리에 수화기를 귀에 대자마자) 네, 잠깐만요. (온몸을 뒤틀듯 배를 잡고 안절부절못하며) 내 얼른 화장실 좀 갔다 올게요. 한 식구들 같으니까 대충 알아서 챙겨 마셔요.

핸드폰을 든 손으로 배를 감싸며 부랴부랴 화장실로 달려가는 여간첩을 보고 모두들 어리둥절한 표정으로 뻥찌는데,

암전.

3

여간첩　(비밀스럽게 작은 목소리로) 글쎄, 잘하고 있으니까 아무 걱정 말아요. 손님들 아무도 눈치 못 채게 감쪽같이… 아직까진 누구도 몰라요. 그냥 풍물시장의 인심 넉넉한 국밥집 주막 아줌만 줄 알겠죠. 우리가 하는 대화 내용도 암호같이 들릴 걸요? 예? 아, 네… 오늘이 추석이라고 해서 뭐가 다를 게 있나요. 언제나처럼 아바이 마음을 잘 헤아려 임무수행 잘하고, 취침 전엔 반드시 일일보고 할게요, 충성!

전화 거는 여간첩 목소리와 함께 무대 다시 서서히 밝아지는데, 터덜터덜 맥없이 혼자 등장하던 박박사가 여간첩의 마지막 목소리를 듣고 몸을 잽싸게 숨긴다. 그는 마치 확실한 증거를 잡았다는 듯 눈빛이 달라지며 잔뜩 긴장하여 귀를 세우고 엿듣는다.

여간첩은 누군가와 통화를 마치고 핸드폰을 닫으며 생각에 잠기듯 허공을 한동안 넋 놓고 바라볼 뿐이다. 박박사는 그 모습 하나도 빠뜨리지 않겠다는 듯 핸드폰으로 사진까지 찍고 숨어서 지켜보다가 웅크리고 앉아서 생각났다는 듯 어디론가 전화를 서둘러 거는데, 뒤에서 장화백이 나타난다.

장화백   (어깨를 치며) 뭐하고 있어요?

박박사   (화들짝 놀라며) 환쟁이가 웬일이야? 고향에 안 내려 갔어?

장화백   그러는 박박사는요? 집에서 가족들과 함께 명절을 즐길 시간에 여기서 뭐해요?

여간첩   (인기척에 돌아보고 스스로 볼을 꼬집는다) 아야! 난 웬 귀 신들인가 했네. (무심코) 내가 방금 귀신과 통화를 했 거든. (짐짓) 오늘 혹시 추석 아냐?

박박사   (마음의 소리) 여간다운 저 대단한 순발력….

장화백   혼자서 뭐라고 씨부렁씨부렁 귀신 씻나락 까먹는 소 리요, 지금?

박박사   딱 걸렸거든!

장화백   뭐가요?

박박사   아, 아냐, 아무것도… 나중에 말해줄게.

장화백   나중에는 무슨… 우리 둘 다 딱 걸려놓고. (자포자기 하듯 막걸리를 손수 가져와 따라 마시며 한숨처럼) 오늘만은 여길 안 오려고 했는데… (박박사에게도 잔을 권하며) 고 향 내려가 추석 쇠려고, 뭐? 솔직히 말해요. 유럽여 행도 뻥이죠?

박박사   그것보다 더 중요한 게 있다니까. (여간첩이 들을까 봐 조심스레) 드디어 증거를 확실히 잡았어. 여기 오길 얼마나 잘했는지 몰라. 고향 갔으면 어떻게 현장을 목격했겠어? 내 이럴 줄 알고… 박사급 아니면 캐치해 낼 수 없는 선견지명, 역시 나는 박사야.

장화백 선견지병(선견지명이 아니라)은 아니고? 다 집어치워요, 부질없는 짓이에요. 추석명절에도 오갈 데 없는 뜨내기인생이 뭐가 잘났다고 서푼 어치 자존심에 너스레는! 노기자가 부럽네요.

노기자 (모습을 드러내며) 부러울 게 없다네, 나도 같은 신세야.

여간첩 뭐야, 그럼 다들 혼자 살아? 총각은 아닐 테고, 홀아비들이야?

장화백 이제 다 뽀록나는구먼. 새끼 데리고 집 나간 여편네, 행여 추석엔 돌아올까 기대한 내가 미련한 놈이지요. 무슨 미련이 남았다고… 대학로에서 행인들 초상화나 그려주는 남편이 창피하다고, 돈도 못 벌어 준다면서… 제발 월급 받는 안정된 직업을 찾으라는 아내의 성화에 시달릴 때 충분히 눈치챘어야 했는데… 설마 자식까지 있는데 보따리 쌀 줄 누가 알았겠어요.

박박사 그래도 환쟁이 자네는 장가라도 한번 가봤으니, 그게 어디야? 이 몸은 아직도 총각이라면 누가 믿겠어? 나이 오십이 넘도록! 고향에 가족이 있는 건 맞지만, 만날 때마다 장가 언제 들 거냐고 묻는 소리가 지겹고, 짜증나고, 무슨 빚 독촉처럼 들려서 명절 때도 가기가 싫어요. (자기도 모르게 나오는 한숨을 섞어) 장 본인은 포기하고 편안하게 사는데 주위에서 왜들 끈질기게 추궁하는지… 그렇다고 좋은 배필감을 소개해 주지도 않으면서! 참 대단한 휴머니티야. 그래, 눈치 챘겠지만… 사실 유럽여행 갔다 왔다는 것도 다 새빨간 거짓말이야! 뻥!

장화백 어쩐지!

노기자 그럼 선물들도 다….

박박사 이 풍물시장에서 샀지 뭐. 없는 게 없잖아? 짝퉁!

여간첩 거짓말치고 꽤 멋있고 낭만적이던데?

장화백 하얀 거짓말… 박박사님의 트레이드마큰데요, 뭘. 안 그래요?

박박사 그럼, 다 알면서도… 나는 어릴 때부터 꿈이 박사였어. 여러분들이 내 꿈을 이뤄줬어요. 너덜너덜 대중잡지 표지처럼 어쭙잖게 살아온 나에게 인생박사 학위를 수여한 거지, 비록 공갈박사지만.

노기자 공갈박사도 박사는 박사야.

박박사 공갈박사를 끝까지 박사라 불러주는 여기 해방구 식구들이 고마울 따름이오. 그래, 장화백 말이 맞아, 여긴 우리의 해방구야. 여기만 오면 적은 돈으로 배불리 먹고 마시고 따뜻한 양말까지… 다 해결되잖아?

여간첩 이 남자들이 오늘 추석 송편을 잘못 먹었나, 왜들 이래요?

노기자 모르면 몰라도 여기 송편 먹은 사람은 없을 걸요? 주
인장은 먹었어요?

여간첩 이래봬도 송편 빚어 일찍 차례 지내고, 부모님 성묘
까지 다녀왔다네요. 아, 그러니까 송편을 못 먹어서
지금 헛소리들을 하는 거구나? 속이 허해서… 그럼
송편이 약이겠네? 내 이럴 줄 알고 좀 가져왔지. (송편
을 내놓으며) 먹어 봐요. 술만 마시지 말고.

장화백 (송편을 덥석 집으며) 야, 진짜네.

박박사 맛있겠는걸.

노기자 덕택에 송편 맛은 보네.

남자들이 한마디씩 하고 송편을 먹는다.

여간첩 박박은 유럽 안 갔으면, 그럼 어딜 갔다 왔는데? 며
칠 동안 핸드폰조차 꺼놓고설라무니… 장화백하고
다툰 것 땜에?

박박사 적어도 박사라면 그렇게 속이 좁지 않습니다. 유럽
이 아니라서 그렇지, 외국엔 분명 나갔었지요. 차마
밝히기 부끄럽고 창피해 정작 말을 못했습니다. 이
제 와서 무얼 숨기겠습니까? 베트남에 신부 하나를
사려고… 죽기 전에 장가 한번 들고 싶다는 욕심, 이
것도 욕심인가요?

장화백 그 나이에 욕심이 아니라면 날강도 짓이죠.

35

박박사   그렇잖아도 날강도 죗값은 톡톡히 치르고 왔다네. 욕심이 죄를 부른 건가 봐. 결혼은커녕 신부 얼굴조차 못 보고 국제결혼사기단한테 걸려 돈만 다 털렸으니까. 돈만 있으면 신부를 데려올 수 있다는 신문광고만 보고서 있는 돈 없는 돈 다 챙겨 월남에 간 내가 바보지. 아무리 월남파병 용사로서 추억이 어린 땅이라지만….

장화백   와, 그럼 파월용사였소? 고엽제 후유증은 없고?

박박사   (장난치지 말라고 빤히 바라본 후) 장가를 못가 환장해서 눈이 삐었던 모양이야.

노기자   그런 기사가 신문에 종종 나던데, 박사가 그것도 못 봤어?

박박사   그러니까 장화백이 헛박사라고 구박하지.

여간첩   나도 TV에서 본 것 같아. 현지에 도착하니 소개소 사람이 나와 신부한테 줄 거라면서 먼저 돈을 요구했지요? 거기까지 갔는데, 의심 없이 돈을 건넸을 테고. 사기꾼들은 돈을 받자마자 잠시 기다리면 신부를 데려온대 놓고 자취를 감춘 후로는 영영 나타나지 않고….

박박사   (귀를 막듯) 그만, 그만요.

여간첩   (안쓰러워) TV를 보면서도 저 고전적인 수법에 아직도 넘어가는 바보도 다 있나 싶었는데, 바로 여기 가까이 있었구면. 어디 가서 박사라고 하지 말아요.

박박사 네, 바보 등신박사… 누구한테 하소연도 못하고… 어쩌겠어요, 빈털터리로 귀국하자마자 공사판에 날품팔이 갔었죠. 내 직업이라는 게 원래부터 일용직 막노동 잡부거든요. 이것도 나이라고 힘이 부치니까 공사판 십장이 불러주면 가서 일하고 안 불러주면 노는… 그런데 발등에 불이 떨어졌으니 내가 먼저 전라도까지 일자리를 찾아갔지요. 추석도 다가오고, 방세도 밀리고, 무엇보다 이 집 외상값도 추석 전에는 갚아야 인간적으로 보나 단골 술꾼적으로 보나, 도리 아니겠어요?

노기자 어쭈, 그 막노동 품 판 돈으로 유로화가 남았느니 어쩌구저쩌구… 허세 부리며 한턱 쐈군?

장화백 덕택에 푸짐한 안주에다 술 잘 마셨잖아요. 추석치레로 오랜만에 목구멍 때 벗겼다고나 할까?

여간첩 맨날 술 마시면서 목구멍에 때는? 때 낄 시간 있어? 돈 귀한 줄 알아야지.

장화백 (여간첩을 뚫어져라 바라보며) 주인 맞아요?

여간첩 손님으로 보여?

박박사 그나저나 노기자는 어쩐 일이야?

노기자 내가 왜?

박박사 여기 왜 왔냐구? 그렇게도 갈 데가 없어?

장화백 (신세타령하듯) 오늘 같은 날은 껌팔이 앵벌이도 안 나오는데, 우리들만… 노기자님도 솔로예요?

37

노기자   (고개를 끄덕이며) 우리가 이 해방구 원주민이라면서 서로를 너무도 모르고 지낸 것 같아. (술을 한잔 들이켜고 잠시 회상에 젖듯) 난 젊은 시절 중앙 일간지 신문사에 다닐 때 기사를 하나 잘못 쓴 죄책감에 평생을 참회하면서 살지. 가정도 내팽개친 채 아내를 암으로 먼저 보내는 혹독한 형벌을 치르고도, 거짓기사에 대한 죄책감은 현재 이 순간까지 아이앤지(ing) 진행형….

여간첩   무슨 기사를 잘못 썼기에 지금껏! 누가 억울하게 죽기라도 했나요?

노기자   글쎄, 딱히 내 기사 때문에 그렇다고는 할 수 없지만… 하여튼 기자적인 양심이… 그때 그 신문을 당장 때려치웠지만, 배운 도둑질이요 목구멍이 포도청이라… 여태 밥벌이랍시고 지방신문에 기사 따위나 구차하게 파는 프리랜서로 붓대를 꺾지 못했으니… 아참, 수집상이 모은 골동품 열전도 한번 써볼 생각이요. 기획특집으로! 협조해줄지 모르겠으나, 이것도 팔자가 아니면 청승이겠죠?

여간첩   어허, 이거 안 되겠는걸. 분위기가 이상해졌어요. 우리민족 고유의 명절인 한가위 추석, 더도 말고 덜도 말고 한가위만큼만 하라고 했는데… 오늘은 주인마님이 한턱 쏜다. 그동안 우리 집을 애용해준 단골손님에게 감사하는 마음으로… 넉넉하게 맘껏 드세요!

장화백 술값이야 누가 내든 마셔야죠. 마셔요.

박박사 내일은 외상, 오늘만은 현금! 외상절대사절!

노기자 허허, 분위기 파악 못하고… 주인이 낸다는데 외상은?

박박사 그러니까 하는 말일지. 자, 한잔씩 따라 박치기 한번 하세. 주인마님도 같이 합시다.

여간첩 좋지요.

술잔을 서로 부딪치고 들이켠다. 그들은 취기가 거나하게 돌자 누가 먼저랄 것도 없이 노래를 부르기 시작한다. 분위기는 점점 무르익어 젓가락까지 두들기며 완전 니나노 판으로 변하는 것이다. 더러는 제 흥에 겨워 하나둘 일어나서 어깨춤을 곁들이는 사람도 있다.

춤판이 더욱 농익으면 저마다 개인기를 맘껏 자랑하며 완전히 망가져도 상관없겠다. 블루스와 막춤 등, 이 장면은 안무가 필수적이다.

그들은 고향 못 간 것을 분풀이라도 하듯 미친 듯이 신명나게 놀아보지만 노래 끝부분에 이르자 끝내 자신들의 처량한 신세가 떠올라 설움이 북받쳐 서로 눈치를 보면서도 남몰래 울음이 섞인다. 마지막에는 다 내놓고 울면서 노래를 끝마친다.

노래는 '꿈에 본 내 고향'이다. 이 분위기에 어울리는 더 좋은 고향 주제의 대중가요가 있으면 바꿔도 상관없다.

♬〈고향이 그리워도 못 가는 신세

저 하늘 저 산 아래 아득한 천리
언제나 외로워라 타향에서 우는 몸
꿈에 본 내 고향이 마냥 그리워

고향을 떠나온 지 몇몇 해던가
타관 땅 돌고 돌아 헤매는 이 몸
내 부모 내 형제를 그 언제나 만나리
꿈에 본 내 고향을 차마 못 잊어〉

수집상   (슬그머니 나타나 하늘을 보고) 벌써 한가위 보름달이 떠
오르네. 참 밝기도 해라! (끼어들 듯) 나도 빠질 수 없
지. 해방구 주민 한 식군데… 같이 놀아요.

암전.

4

무대 다시 밝아지면, 장화백이 동그란 조명 속의 길거리 파라
솔 아래에서 서로 마주 앉아 여간첩의 초상화를 그리고 있다.

장화백   모처럼 놀화, 노는 화요일인데 일부러 나왔어요?
여간첩   장화백의 일터에 꼭 한번 오고 싶었어. 해만 떨어지

면 찾아오는 우리 가게 골수 단골인데, 나도 장화백 손님이 한번쯤은 돼봐야지. 안 그래? 뭐, 품앗이래도 좋고.

장화백 그렇잖아도 초상화를 하나 그려드리고 싶었는데, 좋아할지 몰라서 망설였죠. 잘 왔어요. 초상화 값 줄 생각일랑 아예 마시고, 저녁도 내가 맛있는 거 사드릴게요, 외식!

여간첩 장화백이 무슨 돈이 있다고… 사장인 내가 사야지. 괜히 잘못 얻어먹었다간 우리 가게 거덜 나게? 농담이고, 여기 대학로에는 매일 나와서 일해요?

장화백 단속이 심할 때만 피하구요.

여간첩 이것도 단속해?

장화백 잡상인이잖아요.

여간첩 풍물시장 한 모퉁이라도 알아봐줄까?

장화백 그러면 좋죠. 하지만 우리나라 연극 메카인 이 대학로의 거리 초상화가로도 만족해요. 지방축제나 행사가 있으면 원정 가기도 하고… 간간이 장례식장에서 아르바이트로 시신 염습 화장도 해주고요.

여간첩 염습 화장이라면… 시신 화장도 잘해?

장화백 저승길 화장이랄까, 분장이랄까… 망자를 온화한 얼굴로 떠나보내는 유족들이 기분 좋으면 팁도 꽤 준답니다. 실속은 본업보다 아르바이트가 더 쏠쏠해요.

여간첩 그럼 우리 아바이도….

장화백   아버님이 살아 계세요?

여간첩   아니, 그건 아니지만 영혼이라도….

장화백   영혼장례식이라도 하시려구요? 사장님은 여러 가지로 참 특이하십니다. 아 참, 쉬는 날이면 노인 단체를 찾아 봉사한다고 들었는데, 오늘은 안 가세요?

여간첩   오전에 잠깐 들렀지, 뭐. 봉사라기보다 수족이 불편한 아바이 노인네들을 조금 보살펴드릴 뿐이야. 누가 또 그런 쓸데없는 말을 퍼뜨리고 다녀?

장화백   쓸데없다뇨? 아무나 할 수 있는 일이 아니죠. 장사하시느라 힘든데, 이제 봉사 받을 나이 아닌가요?

여간첩   나이는 숫자에 불과하다는 말도 있다던데?

박박사가 멀찌감치 나타나 감시의 눈초리를 번뜩인다.

박박사   얼씨구, 저것들이! 장화백이 여간첩을 감싸고돌더니, 흑심을 품었더란 말인가? 못 믿을 건 남녀 사이라더니… 환쟁이가 사랑에 눈이 멀어 간첩도 못 알아보고 환, 환장했구먼? 그럼 난 뭐냐?

그때 노기자가 지나가다가 박박사를 발견하고 그의 눈길을 좇아 장화백 쪽으로 시선을 옮긴다.
노기자는 기자수첩을 꺼내 뭔가 적는다.
이 네 사람을 멀리서 바라보는 또 하나의 시선은, 색안경을 낀 수집상이다. 이들의 동선은 서로 얽히고설키듯 우연을 가장한 필연으로, 막연히나마 수수께끼처럼 알 수 없는 긴장감을 불러 일으킨다.

장화백 (초상화 그림을 건네며) 자, 다 됐어요.

여간첩 어디 보자. (우정 놀라듯) 이 여자가 누구야?

장화백 마음에 드세요?

여간첩 팁까지 듬뿍 얹어줘야 되겠는걸?

돈을 내밀자 장화백이 펄쩍 뛰며 손사래를 친다. 돈을 주려는 여간첩과 받지 않으려는 장화백의 실랑이를 지켜보는 세 사람의 표정도 재미있다. 그들은 각자 동그란 조명 속에 갇혀서. 여간첩과 장화백의 실랑이가 계속되는 가운데.

암전.

5

무대 다시 밝아지면 그대로 주막인데, 여간첩이 검은 옷차림으로 혼자 술을 마시고 있다. 관객의 눈에 잘 띄는 한곳에 음식을 싼 보자기가 보인다. 그녀는 어디론가 전화를 거는데, '전화기 전원이 꺼져 있습니다'라는 멘트만 돌아온다.

박박사와 장화백이 동시에 나타난다.

여간첩 어서들 와요. 우리 집 단골 좌우 양 날개가 오시는데, 어떡하지? 장사 안 해. 오늘은 여기서 끝이야.

박박사 누가 기십만 원짜리 수표라도 주고 갔남?

장화백 오늘 손님 다 공짜 술이게, 오만 원만 놓고 가도….

박박사 그럼 웬일이람? 진짜 해가 서쪽에서 뜨는 거 아냐?

장화백 글쎄요, 추석에도 문을 안 닫았는데!

여간첩 한 달에 두 번은 닫잖아. 첫째 셋째 화요일!

박박사 그땐 시장 전체가 쉬는 날이니까… 무슨 일 있어요? 혼자서 술도 다 마시고….

여간첩 (술기운이 도는 듯 허망하게 웃으며) 아바이 공작금이 바닥 났거든요.

장화백 (뒤통수를 맞고 걱정스러운 듯) 네?

박박사 (바짝 긴장하여) 그게 무슨 말이에요?

여간첩 무슨 말은 무슨 말, 문 닫겠다는 말이죠. 오늘은 장사 그만한다고 했잖아요. 죄송해요. 이만들 돌아가 주세요, 지금 문 닫을라니까.

당장이라도 문을 닫을 태세다.

장화백 (시를 읊조리듯) '검은 옷 회색의 집, 이 술집 문 닫으면 나도 가야지…' 박박사님, 갑세다.

박박사 살다 보니 별 희한한 일도 다 보네그려. 해방구가 폐쇄되는 날도 다 있고 (과장스럽게) 군사독재정권이 다시 들어선 것도 아닌데! (장화백을 끌고 나오면서 귀에 대고 속삭이듯) 여간이 좀 이상하지 않아? 아바이 공작금 운운하는 것도 그렇고… (큰소리로 여간첩에게) 자, 우린 이만들 물러갑니다요.

여간첩은 손을 한번 흔들어주고 주막 전등을 꺼버린다. 동시에 맞물리듯 희미한 불빛이 시나브로 살아나 여간첩의 주위만 동그랗게 비춘다.
박박사와 장화백도 딴 조명 속에서—

장화백 어디 딴 데 가서라도 한잔해야쥬?
박박사 당연하지. 이 집 아니면 술집이 없나?
장화백 돈이 없지 술집이야…
박박사 (장화백을 흉내 내 읊조리듯) '검은 옷 회색의 집, 이 술집 문 닫으면 나도 가야지…'

두 사람 못내 아쉬움과 의아함이 교차하듯 주막을 몇 번이나 뒤돌아보고 퇴장한다. 다 퇴장했는가 싶었는데 다시 뒤돌아보며 모습을 드러낸다. 박박사가 장화백에게 대단한 비밀을 말해준다는 듯—

박박사 (속삭이듯) 장화백 너, 여간에 대한 최근 정보 모르지?

장화백 또 그 카더라 방송요?

박박사 이건 예전하고는 성질이 달라. 구체적이니까. 자네 니까 하는 말인데, 요즘 와서 여간이 더 수상하잖아? 오늘만 해도 그렇고… 여간이 상인친목회에도 침투 했다는 거야. 드디어 마수의 손길을 뻗친 거지. 포섭 공작의….

장화백 껌팔이를 사주한다는 말도 있던데, 그건 또 무슨 풍 뎅이 불 끄는 소린데요?

박박사 이건 못 들어봤지? 처음일 거야. 잘 들어. 친목회에 서 해외여행 계를 모았대요.

장화백 그게 뭐 어째서요?

박박사 뭐 어째서라니? 내년 봄에 백두산 가기로 하고 시작 했는데, 얼마 전에 여간이 틀어서 금강산으로 바꿨 대요.

장화백 여간이 공작을 했다는 겁니까?

박박사 그렇지, 제일 연장자 할아버지 할머니 두 사람을 뽑 아 경비를 자기가 부담한다는 조건으로…

장화백 좋은 일 아닙니까? 1004호 여간첩이라면 충분히 그 럴 수 있죠.

박박사 이 친구가 아직도 말귀를 못 알아듣고선. 여간이 왜 백두산 대신 금강산으로 데려가겠어? 누구 지령을 안 받았으면, 자기 돈까지 쓰면서 그러겠느냐구? 백두산은 중국이고 금강산은 이북 아냐? 계꾼들을 금강산에 데려가 몽땅 월북시키려는 술책이 틀림없어. 공작 차원에서 벌인 고도의 비밀 프로젝트라니까.

장화백　듣고 보니 그럴 듯도 하다만… 껌팔이는?

박박사　쉿, 조용히 해. 저것 좀 봐, 여간이 지금 뭐하는 거야?

그 상태에서 훔쳐보느라 눈을 크게 뜨는 두 사람의 그로테스크한 모습, 몸을 숨기듯 어둠 속에 파묻힌다.

여간첩은 탁자 위에 흰 창호지를 깔고 보자기를 풀어 제사상을 차린다. 촛불과 향도 피우고, '아바이' 영정도 세워놓는다. 제사준비를 다 마치고 마지막으로 핸드폰을 켠다. 여전히 불통이다.

여간첩　(부친 영정을 바라보며) 종일이한테 연락이 안 되네요. 동생 집에 가져가 제사 지낼 제물까지 다 준비해놓고 하루 종일 연락 오기만 기다렸는데… 아바이, 걔가 요즘 좀 어렵답니다. 아바이가 준 공작금으로 걔는 양말공장, 전 이 국밥집 주막을 차렸잖아요? 전 그런대로 잘 버티는데, 동생 공장은 부도를 맞을 판이라나요. 나라경제와 시장경기가 워낙 어려워요. 오늘이 고비라는데, 바닥을 쳤으니 잘 해결될 거라고, 누나 걱정말라고… 아버지 제사는 꼭 제 집에서 지내야 한다며, 나더러 제물만 좀 준비해달라고 했거든요. (제상을 다시 한 번 점검하고 회한에 잠기듯) 아바이, 함경도 삼팔따라지 장교 출신으로서 뭐가 중뿔났다고, 그놈의 민주화운동인지 반군사독재 쪽엔 왜 가담했어요? 그냥 사진이나 찍으면서 통일되면 금강산 구경 갈 그날이나 기다리시지 않고. 통일을 앞당기기 위해서란 말을 또 하고 싶으세요? 그 때문에 꽤씸죄에 걸려 군사정부가 간첩으로 조작하는 바람에 우리 가족은 하루아침에 풍비박산이 났잖아요. 아버지 구속에 충격 받은 오마니조차 심장마비로 세상을 저버리고, 종일이는 가출하고, 갓 패션모델로 데뷔한 저는 끌려가 성고문까지… (생각만 해도 몸서리난다고 몸을 떨며 갑자기 그 당시로 돌아가 재현하듯 뒷걸음쳐 공처럼 동그랗게 움츠리며) 안 돼요, 안 돼! 제발… 오마니, 아바이! (처절한 목소리가 에코로 사라지면 본격적인 추궁당하듯) 네? 뭘요? 뭘 숨기고 감춘다고 이러세요? 몰라요, 전… 아무것도 몰라요. 우리 집에선 어릴 때부터 오마니 아바이라고 했거든요. 경상도 사람들이 오매 아배 하듯이… 함경도 사투리를 쓰는 건 부모가 함경도 출신이니까 그럴 수 있는 것 아닌가요? 사투리 쓰는 것도 죕니까? 우리 가족은 쭉… (고문을 당하듯) 아, 악! (생각을 떨쳐버리듯 머리 매무새를 수습하며) 만신창이가 되어 집에 돌아와서도 그들은 징글맞도록 전화질을 해댔죠. 나올 때 각서 쓴 대로 '안'에서 있었던 일을 '밖'에선 말하면 다시 잡아간다는 협박을 빠뜨리지 않으며… 나는 전화벨 소리만 들어도 그만 오줌을 지리는 요실금에 걸리고… 지금도 그 병 때문에 화장실에 자주 들락거리면서 아바이와 '영혼대화'를 나누잖아요? 화장실이고 어디고 혼자 틈만 나면 아바이가 내린 공작금 사용내역을 보고하느라… 아바이 돈인데, 아바이가 회장님인데 함부로 쓸 수 없잖아요. 뒤늦게나마 다행히 민주정부가 들어서서 간첩조작사건 과거사진상위원회의 재심으로 아바이의 결백이 밝혀지자 정부로부터 상당한 보상금을 받았으니, 그게 다 아바이 돈 아니겠어? 아바이의 유산인 그 공작금으로 우리 남매는… 아바이가 억울한 옥살이를 하고 나와 정신을 놓치고 막걸리만 마시며 맨발로 거리를 헤매다가 눈 내리는 겨울밤 굶주림과 추위에 얼어 죽은… 그 불쌍한 영혼을 달래는 길이 뭘까? 아바이와 영혼대화를 통해 아바이의 뜻을 헤아리고 공작지시를 받아서 시작한 게 국밥집과 양말 공장… (참았던 울음을 힘들여 삼키고) 아바이, 함경도 사투리인 오마니 아바이를 부르는 것조차 심문 취조거리가 되고, 반공법에 걸리던 시절을 조롱하고파 끝까지 아바이를 고집하는 이 딸의 원한을 누가 이해하겠어요? 아바이, 지금 아바이와 영혼대화를 나누면서까지 행여나 기다리는 종일이 전화…

안 오네요. 전화가 없으니 어쩔 수 없어. 딸도 자식인데, 제 혼자라도 아바이 제사를 올립니다. 명년에는 영혼장례식을 우리 남매가 같이 올릴 것을 약속드리면서요. 얼굴화장도 제대로 못해드리고 화장(火葬)하여, 이 험한 세상 어서 버리시라고 서둘러 보낸 저승길… 아바이! (콧물을 훔치고) 막걸리 한잔에 딸이 만든 음식 많이 드시고, 아들이 짠 양말 따뜻하게 신고 가세요. 오마니 것도 함께요. 내년 영혼장례식 올린 후 첫봄에는 가족나들이로 아바이가 꿈에도 그리던 금강산 구경 가는 거 아시죠?

큰절을 올리는데, 여간첩의 핸드폰 벨소리가 요란하게 울린다. 어둠 속에 숨어서 그녀를 훔쳐보다가 전화벨 소리에 들킨 듯 박박사와 장화백의 모습이 동그란 조명 속에 불쑥 드러난다.

박박사　(딴엔 목소리를 낮추어) 야, 불 꺼!
장화백　(덩달아) 어떤 놈이야!

그들은 관객을 향해 일부러 흠칫 놀란 표정인데, 전화벨 소리를 덮어버리는 브리지 음악은 희망적이다. 전화벨은 여간첩의 동생 전화임을 암시해도 좋다.

암전.

6

국밥집 주막에 주인 여간첩은 없는데 노기자, 박박사, 장화백이 모여서 자못 걱정스러운 얼굴들이다.

박박사 이제 장사 그만두려는 게 틀림없어. 공작활동이 들통날 것 같으니까 문 닫고 월북하려나 봐. 활동에 한계를 느꼈겠지. 나 같은 반공주의자가 시퍼렇게 감시하는데, 간첩이 발붙일 수야 없지. 암, 그렇구말구. 세상이 어느 세상인데?

장화백 어젯밤 제사 지내는 걸 몰래 훔쳐보고도 그래요?

박박사 순진하긴, 그게 다 위장전술이야. 우리가 보고 있는 줄 뻔히 알고. 일부러 유도한 냄새가 코를 찌른다니까. 진동해요. 장화백 너, 방위병 출신이랬지?

장화백 댁께선 의가사제대 했다면서요? 병장도 못 달아보고 상병제대… 방위는 위관입니다요, 출퇴근하는… 소위 중위 대위 방위, 박박이께선 정말로 참 답답하십니다. 이래서 보수꼴통이라고 젊은 친구들이 손가락질하는 거요.

박박사 이놈이, 또 밑도 끝도 없이! 여간 이야기만 하면 눈에 쌍심지를 켜고 잡아먹을 듯이 덤비는 이유가 뭐야? 진보꼴통, 너 여간 좋아해?

장화백 그럼 싫어하는 손님도 있어요?

박박사 좋아하면 좀 찾아도 보고 그래.

장화백 화장실 갔겠죠.

박박사 화장실 고장 나서 수리 중이던데? 주인이 문만 열어 놓고 도대체 어디 간 거야? 이것부터 수상해. 하루 이틀 일도 아니고 걸핏하면… 어느 것 하나 정상적인 게 있어?

장화백 한번 의심하기 시작하면 모든 게 다 수상한 법이요.

박박사 장화백이 제일 먼저 왔댔지? 그때부터 없었어?

장화백 (고개를 끄덕이며) 어제 같아선 이 국밥집 문을 완전히 닫을 것 같더니만… 그래도 문은 열었잖아요.

노기자 좌우 날개들, 이 술집 문 닫을까 걱정이 태산 같나 봐? 하긴, 우리한테 장사하는 걸로 봐서는 딱 망하기 십상이지. 안 그래요, 좌우 날개들? 혜화동 로터리 할매집 생각이 다 나네?

장화백 그 집도 대학로 연극인, 문인, 거리의 화가들은 물론이고 심지어는 신학교 대학생들까지 들락거리는 사랑방이었다면서요?

박박사 어디 그뿐인가. 제3공화국 공화당시절 어느 날 밤 박정희 대통령이 수행원 한 명을 데리고 찾아왔더라나… 막걸리를 마시고 가면서 수행원 왈 '대통령께

서 다녀가시는데, 부탁이 있으면 한 가지만 말하라'
라고 했다는 거야. 그러자 주인은 겁부터 집어먹고
머뭇거리다가 간신히 용기를 내 '월세인 대폿집이
제 명의로 되었으면 좋겠다'고 더듬거렸다지?

장화백 다음 날 당장 소원성취 했겠네요, 그 집 주인 할머니?

박박사 여부가 있었겠나. 다음날 바로 자기 앞으로 명의이
전이 됐더라고 할머니는 자랑했어. 박통이 누군데!
하지만 아무래도 이건 좀 냄새가 나. 안 그래? 대통
령이 그 작은 대폿집에 왜 갔겠어? 그것도 심야에 수
행원 하나만 데리고… 어찌 보면 소박한 인간 박정
희의 서민적 체취를 느끼는 것 같아 드라마틱하게
들릴지 모르지만, 유신독재 군사철권 통치자로서 엉
성하기 짝이 없잖아? 막걸리를 즐겼다는 박정희 향
수, 그 향수에 편승한 할머니의 절묘한 상술 같아. 사
실 여부를 떠나 문제는 할머니의 그 말을 아무도 안
믿으려 들지 않는 거야. 손님들은 덮어놓고 박대통
령이 다녀간 집이라 믿고 싶은 건지 모르지. 각박한
세상살이에 지친 현대인들이 꿈같은 신화나 전설에
대해 그만큼 목말랐다고나 할까?

노기자 그것보다 여기처럼 막걸리가 되게 싼데다 안주 역시
도 삶은 돼지고기를 한 접시 2천 원에 팔았는데, 양
은 적지만 꽤 맛있어서 먹을 만했거든. 소주와 막걸
리도 무조건 2천 원이라, '2천원집'이라 부르는 손님

도 많았어. 더 재미있는 건 그걸 다 먹고 안주가 떨어지면 (그때 상황을 재현하듯 큰 소리로) "할머니, 여기 돼지고기 천원어치만 추가요!"

장화백 그런데 뭐가 장사가 됐겠어요?

박박사 장사논리로는 설명이 안 되지, 그야말로 추억과 낭만의 2천 원짜리 할매집… 그 집도 결국 몇 년 전에 문 닫았어. 장화백이 대학로에 나타나기 직전이야. 그래서 개척한 곳이 여기고… 대학로에서 풍물시장까지 게르만족 대이동을 했는데, 우리 단골집은 왜 다 망하나?

장화백 장사에 전혀 도움이 안 되는 손님들이 단골이랍시고 우글우글 죽치고 진을 쳤으니…

노기자 할매집 주인 할매는 나이가 워낙 연로(年老)하셔서 가게를 판 걸로 아는데?

장화백 그야 어쨌든 풍물시장 사람들이 우리가 여기서 매일 죽치는 걸 보고 뭐라는지 아세요?

박박사 다들 그러겠지. 무지개대박집이 언제 쪽박집으로 망하는지 두고 볼 일이라고….

여간첩 (나타나며) 누구 집이 또 망했어? 허긴 요즘 문 닫는 가게가 하나둘이어야. 우리 풍물시장만 해도 벌써… 워낙 바닥경제가 죽을 쑤니, 일찍들 오셨네?

박박사 가게 비워놓고 어디 돌아다녀요? 바람났어요?

여간첩 바람 좋지. 좋은 시절 다 보내고, 내 나이가 얼만데…

화장실 아니면 어디 갔겠어? 시장 화장실이 고장 나서 지하철까지 갔다왔구만.

장화백 방광이 안 좋아요?

여간첩 여태 몰랐어? 좀 심해.

노기자 이 술집 문 닫으면 어떡하느냐고 단골손님들이 대책회의를 연다나 어쩐다나… 그래서 일찍 나왔잖아요?

여간첩 그래요? 이거 미안해서 어쩌지? 동생 양말공장이 부도 직전까지 곤두박질쳤다가 잘 해결되는 바람에 당분간 그럴 일이 없을 것 같네요. 어제는 우리 아바이 기제사까지 겹치는 바람에… 글쎄, 내가 제사 지내다가 걸려온 전화 한 통화에 그만 오줌을 찔끔 다 쌌다니까요. 팬티에다… 호호호.

장화백 네? 팬… 뭐에다 뭘요? 웬 불상사! 귀신이라도 만났던가요?

여간첩 귀신이라면 매일 만나죠. 아바이하고 하루도 빠짐없이 영혼대화를 나누니까. 하필 제사 지내는데 전화가 와서… 다행히 동생 부도 막게 됐다는 희소식이었지만. 사실 난 전화소리에 오줌을 싸는 요실금 환자거든요.

장화백 아뿔싸, 그렇담 진동이나 무음으로 해놓아야죠.

여간첩 무음은 아예 안 들려서 싫고, 진동은 더해. 꼭 전기고문 받는 것 같아서, 온 살이 다 떨리는데?

박박사 참 특이한 체질이구먼요. 그 특이체질도 혹시… 여간첩인지 모른다는 소문이 시장바닥에 자자한 거 알아요?

여간첩　누가? 내가요?

노기자　여간첩은 아니지만 간첩의 딸은 맞지요?

여간첩　(불의의 기습을 당하고 가볍게 웃어넘기려는 듯) … 네?

노기자　한때는! 나중에야 그것도 가짜로 밝혀졌지만… 용서하세요, 소영씨! 내가 고백하겠소.

모두들 눈이 휘둥그레진다.

여간첩　내 본명을 어떻게… 느닷없이 고백을 하다니, (경계의 눈초리로) 노기자님, 누구세요?

노기자　언젠가 젊은 날 중앙 일간지 신문사에 다닐 때 기사를 하나 잘못 쓴 죄책감에 평생을 참회하면서 산다고 했었지요? 그 기사가 바로 소영씨 아버님 기삽니다.

여간첩　네?

노기자　현역시절. 아버지 간첩조작사건의 진실을 알면서도 공안당국의 발표를 그대로 받아쓴 자책감과 괴로움에 시달리다가 참회하는 마음으로 수소문 끝에 가까스로 알아낸 딸의 주막을 찾아 술을 마셔온 셈이지요. '진'씨인 성을 '노'로 바꿔가면서까지! 나는 가짜 기자, 노기자…

장화백　그럼 노기자가 아니라 진기자라는 말 아니오?

노기자   (여간첩에게) 진실종 기자라고 기억나십니까? 아마 기억 못하실 겁니다. 그 당시 각 신문사 기사란 게 한 사람이 쓴 듯 똑같았으니까요. 군인들에게 검열을 받던 시절이라… 내가 바로 진실종 기잡니다.

여간첩   (말없이 바라보기만)!?

장화백   (노기자를 다시 보며 혀를 내두르듯) 대단한 집념이십니다.

박박사   허허, 내 가치관이 뿌리째 허물어지는 위기의 순간일세! 이러한 노기자, 아니 진기자가 여간첩더러 간첩이 아니라면 간첩이 아닌데… 확실합니까?

장화백   기자 말을 못 믿겠다면 박박은 공산당이요. 말 많은.

박박사   (알레르기 반응으로 펄쩍 뛰듯) 뭐야!? 반공투사를 용공조작할 거야?

장화백   말 많고 의심 많으니까 하는 말이죠.

박박사   그럼 억울하게 옥살이하고 나와 정신을 놓치고 맨발로 막걸리에 취해 거리를 헤매다가 배고파 얼어 죽은 아버님을 그리워하며, 아바이를 생각해서 손님들에게도… 팩트가 이렇다면 신문에 내야 하는 거 아니오?

노기자   아직도 내게 기자정신이 살아남았다면, 이 집과 주인의 미담을 써서 그 진실을 세상에 알리는 거요. 오랫동안 준비를 해왔소. 그것이 내 마지막 기사가 될 거요.

여간첩   죄송합니다. 이제 와서 더 이상 매스컴에 오르내리

고 싶지 않네요. 이대로 내버려두는 게 날 도와주는
거랍니다.

장화백 네, 다 아문 옛 상처를 다시 건드리면… 그건 안 될
일입니다. 절대로! 이 사실이 매스컴에 알려지면, 노
숙자들이 몰려와서 우리는 또 밀려나야 할 겁니다.
해방구를 잃는다니까요. 우리는 더 이상 갈 데가 없
습니다. (터무니없이 비장하리만큼) 우리 다 같이 힘을 합
쳐서 방어진지를 탄탄히 구축하고 끝까지 해방구를
사수합시다, 여러분!

박박사 맞아요, 신문이나 방송은 안 돼요. 차라리 서울 시장
한테 알려 표창을 받도록 합시다. 그래서 '우리들의
축제'를 벌이자구요. 예로부터 가난구제는 나라도 못
한다는데, 개인이 해온 셈이잖아요?

장화백 시장 표창을 받으면 매스컴이 가만있겠어요? 여기저
기서 인터뷰하자고 기자들이 파리처럼 몰려와 설칠
텐데. 안 그래요, 진짜 기자 진기자님?

노기자 아마도 그럴 테지.

장화백 그럼 어쩌면 좋아요? 이거 해방구 긴급조치 비상사
태네! 계엄령….

노기자 (여간첩에게 간곡히 매달리듯) 속죄할 수 있는 기회를 주
시오. 오랫동안 준비해온 기사가 여의치 않다면, 내
가 영혼장례식 아바이 대역을 자처하겠소. 길거리에
서 얼어 죽은 아바이 역할을 할 테니, 장화백이 분장

이든 화장이든 정성껏… 해방구 식구들인 우리가 아바이의 장례식을 제대로 한번 치러드립시다. 소위 민주화된 세상에서 명예회복을 한 시민의 거룩한 영혼 장례식….

그때 수집상이 경찰관 복장으로 나타나 거수경례를 한다. 사람들이 긴가민가하여 어리둥절 바라볼 뿐이다.

수집상   실례하겠습니다. 누가 신고하셨습니까?

여간첩   아무도 신고 안 했는데요?

장화백   어, 콜렉터 아니에요?

수집상   (신분증을 보여준다)

장화백   맞는데? 뭐냐, 그럼… 아니, 경찰이 콜렉터로 신분을 가장해서… 우리를 속였다는 거요?

수집상   어쨌든, 간첩출몰신고를 받고 출동했습니다. 누가 신고했고, 간첩은 누구죠?

박박사   (난처하여 수집상을 바라보고 남모르게 여간첩을 향하여 손가락질만 자신 없이 해댄다)

수집상   확실합니까? 무고죄가 있다는 것도 아셔야 합니다.

박박사   (더욱 자신을 잃고 흔들리듯) 아, 예… 여간은 간첩이 아닙니다. 우리 시민들이 진실을 규명해냈어요. 네, 요즘 간첩이 어딨습니까?

수집상   왜 간첩이 없습니까? 이 집 여주인이 간첩이지 않습니까? 여러분들은 모르셨어요?

장화백 네?

박박사 (금세 태도를 뒤집으며 의기양양하여) 그 봐, 내가 뭐랬어? 간첩이 맞대잖아. 맞죠?

노기자 콜렉터!

수집상 이제야 분명히 밝힙니다. 나는 '서울 변두리에서 구제품상'을 하는 수집상이 아니라 이 풍물시장을 담당하는 경찰서 정보과 형삽니다. 짝퉁도 단속하는 경찰로서 사실을 말하거니와 여주인은 분명 간첩은 아니지만 우리들의 '여간첩'은 확실합니다.

박박사 무슨 말인지 되게 헷갈리네. 내가 명색이 박산데⋯ 여간첩이라는 거요, 아니라는 거요? 콜렉터가 골동품이나 구제품을 콜렉트한 게 아니라 정보를 콜렉트, 수집하려 다녔다면 사건전말을 벌써 다 알 게 아니오?

수집상 박박사님, 아셨으면 경찰에 신고 좀 제발 그만하세요. 신고하시면 돌고 돌아 결국 이곳 담당인 나한테까지 온다는 사실, 이제야 아시겠어요?

장화백 그럼 박박이가 진짜 신고질을 해댔단 말이요? 보상금 따위에 눈이 멀어서?

수집상 신고정신 그 자체는 비난받을 일이 아니죠.

박박사 (짐짓 뒤통수를 만지며) 글쎄, 난 아직도 뭐가 뭔지 잘 모르겠는데? 이야기가 어떻게 돌아가는 거야?

수집상 '여간첩'이라는 그 이름만으로도, 풍물시장에 와야
만 찾아볼 수 있는 흘러간 추억의 품귀 골동품 내지
는 품절 구제품으로서 그 예스러운 존재가치가 충분
하다고 봅니다. 화로나 곰방대, 인두, 절구통, 여물통,
옥비녀, 풍금처럼⋯ 누가 뭐래도 '여간첩'이야말로
풍물시장에 하나뿐인 명품, 꽃 명품으로 자리잡지
않았습니까? 풍물시장에서 여간첩 모르는 상인 있으
면 나와 보라고 그래요. 풍물시장 여간첩 모르면 진
짜 간첩 아닙니까?

장화백 박수!

모두들 어리둥절하면서도 군중심리에 휩쓸리듯 박수를 치자,
수집상은 경찰모를 벗고 평소의 수집상 콜렉터로 돌아온다.

수집상 (여간첩에게) 그동안 신분을 숨긴 거 이해해, 왕언니.
그랬으니까 여간첩이 돼도 내가 안 잡아가잖아요?

장화백 우릴 감쪽같이⋯ 예쁘다고 괜히 더 치근댔다간 큰일
날 뻔했네, 맘속으로만 좋아했으니 망정이지!

박박사 저 양다리 반죽, 콜렉터도 좋아했구나? 나는 여간만
흠모하는 줄 알았지. 그러게 열 길 물속은 알아도 한
치 사람 속은⋯.

노기자 (장단을 맞춰준답시고) 나는 눈치를 약간 챘지만⋯?

수집상 (똑바로 쳐다보며 조금은 의미심장하게) 노기자님이 여길 수

소문해 찾을 때부터 저는 노기자님을 다 알았습니다.

그때 말쑥한 신사복 차림의 손님이 들어와 앉는다. 자세히 보니 놀랍게도 껌팔짱이다.

껌팔짱　(목소리도 신사답게) 맥주하고 과일 안주 좀 주세요.
장화백　장사 끝났는데요.
여간첩　(껌팔짱을 알아보고) 앉아요, 마지막 손님!

여간첩이 맥주를 갖다놓고 과일을 직접 깎아 접시에 놓는다. 다른 사람들도 차츰 껌팔짱을 알아보고 놀란다. 껌팔짱은 전혀 의식하지 않고 맥주잔을 가득 따라 쭉 마시고 과일 한 점을 입에 넣고는 일어나 만원권 2장, 2만 원을 탁자에 놓고선 마지막으로 사람들을 바라본다.

껌팔짱　이런 거외다, 인생은!

그러고는 유유히 사라지는 것이다. 모두들 뒤통수를 맞고 한동안 홀린 듯 딱 벌린 입을 다물 줄 모른다.

장화백　진짜 멋지다, (엄지손가락을 세워) 짱, 껌팔짱!
박박사　(장화백의 엄지손가락을 꺾으며) 진짜, 간첩 아냐?
장화백　보수꼴통 박박이 아니랄까 봐, 저 지독한 레드 콤플

렉스!

수집상   자, 한잔들 하시죠. 모두 해방구 한식구로 돌아가
서… 이 모든 게 오늘을 사는 풍물시장 우리들의 풍
속도 아닐까요?

장화백   거 좋습니다, 풍속도! 이럴 줄 알고 제가 미리 준비
한 그림을 여간첩의 모델 사진 옆에 나란히 걸겠습
니다. 모델사진은 사진작가이시기도 하셨다는 아버
님 작품이라죠?

여간첩   스스로 아마추어 수준이라 겸손해하시면서도 역사
의 현장을 기록해야 한다고 셔터 누르기를 무척 좋
아하셨지요.

장화백   사진과 그림의 세기적 대결! 개봉박두, 우리시대의
풍물시장 1004호 무지개대박집 '풍속도(風俗圖)'! 짜
자안~.

사람들은 막걸리 잔을 기울이는데 장화백은 얼른 먼저 마시고
미리 준비해와 구석에 숨겨둔 풍속도 그림을 가져와 여간첩
모델사진 옆에 나란히 건다.

박박사   피카소에게 게르니카가 있다면 장화백에겐 풍물시
장 여간첩 풍속도가 있도다?

때마침 여간첩의 핸드폰 전화벨이 축전처럼 울린다.

여간첩 (수화기를) 어, 내 동생 종일이? 뭐 양말 한 박스 택배로 보냈다구? 그럼 우리 집에 오시는 손님들 다 아바이같이 생각하지. 그래, 알았어. 전화 끊는다. 급해, 오줌 마려! (사람들에게) 화장실이 부르네요. 아바이도 좀 만나고!

수화기 폴더를 닫자마자 부리나케 화장실로 달려가는 여간첩이다. 모두들 바라보며 흐뭇하게 웃다가 손에 손을 잡고 입 모아 합창한다. 새로 작곡하거나 선곡한 노래 '풍물시장 여간첩'은 빠른 템포의 경쾌한 주제곡이자 엔딩음악이다.
무대와 객석이 하나로 어우러져 자연스럽게 손뼉 치며 노래할 수 있도록 배우들이 관객들의 참여를 유도한다.
여간첩이 노래 중간쯤에 화장실에서 돌아오면—

수집상 (노래하는 단골손님들에게) 핸드폰 빨리 꺼요. 빨리빨리… (관객들에게도 다시금 확인하듯) 여러분들은 휴대폰 전원까지 벌써 다 껐죠?

모두들 여간첩을 둘러싸듯 원을 그리며 부르는 합창은 커튼콜까지 계속된다.
'풍물시장 여간첩'은 주제가 제목이기도 하다.

♬〈여긴 풍물시장 1004호 무지개대박집

우린 단골손님 해방구 시민 한식구들
나라도 구제 못하는 배고픔을 날려버려
주인 여간첩은 좌우 날개를 단 천사
(장화백) 나는 왼쪽 날개 (박박사) 나는 오른쪽 날개
그 품에서 술 마시고 노래하는 (노기자와 수집상) 우리
들
우리들의 축제는 우리시대의 풍속도
고마워요 여간첩 풍물시장의 품귀 골동품
감사해요 여간첩 풍물시장의 품절 명품
풍물시장 여간첩 모르면 간첩이라오〉

막.

한국 희곡 명작선 164

풍물시장 여간첩

초판 1쇄 인쇄일   2024년 10월 16일
초판 1쇄 발행일   2024년 10월 25일

지 은 이   최송림
만 든 이   이정옥
만 든 곳   평민사
　　　　　서울시 은평구 수색로 340 〈202호〉
　　　　　전화 : 02) 375-8571 / 팩스 : 02) 375-8573
　　　　　http://blog.naver.com/pyung1976
　　　　　이메일 pyung1976@naver.com
등록번호   25100-2015-000102호
ISBN   978-89-7115-849-4 04800
　　　　　978-89-7115-663-6 (set)
정　　가   8,000원

· 잘못 만들어진 책은 바꾸어 드립니다.
· 이 책은 신저작권법에 의해 보호받는 저작물입니다.
　저자의 서면동의가 없이는 그 내용을 전체 또는 부분적으로 어떤 수단 · 방법으로나
　복제 및 전산 장치에 입력, 유포할 수 없습니다.

이 책은 사단법인 한국극작가협회가 한국문화예술위원회의
2024년 제7차 대한민국 극작엑스포 지원금을 받아 출간하였습니다.